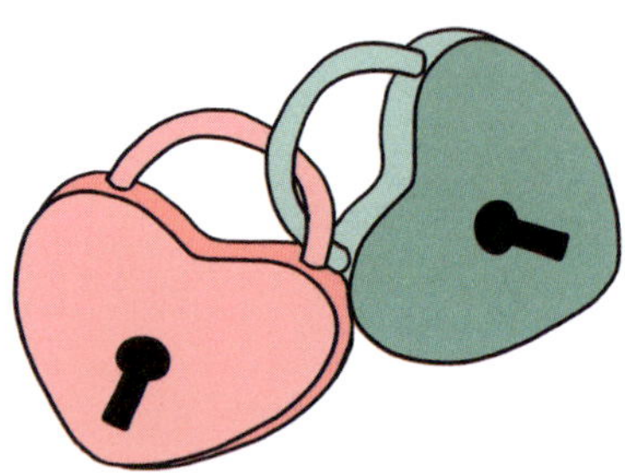

Dieses Buch gehört:

....

Meine beste Freundin ist:

....

Mascha Malou ist Germanistin und hat nach ihrem Abschluss Berge von Kinder- und Jugendromanen gelesen. Zu dieser Zeit begann sie auch selbst zu schreiben. Seither sind mehrere Bücher von ihr erschienen. Zusammen mit ihrer Familie lebt und arbeitet die Autorin in ihrer Lieblingsstadt Berlin, die prall gefüllt ist mit Kreativität und Inspirationen.

Nataša Kaiser lebt seit ihrer Geburt 1972 mit kleinen Unterbrechungen durch Auslandsaufenthalte in Frankfurt am Main. Dank ihrer Kindergärtnerin, die schon sehr früh ihr Talent zum Malen erkannte und sie stets mit einem Stapel weißem Papier und frischen PLAKA-Farben ausstattete, wurde der Berufswunsch „Malerin" schon früh geformt. Über den Umweg Grafik-Design fand sie schließlich den Weg zur Illustration, der für sie die Erfüllung ihres Berufswunsches bedeutet: die Erschaffung bunter Welten, sympathischer Charaktere (wenn's sein muss, geht's auch anders) und die Bebilderung von Texten und Geschichten. Auch Mustergestaltung und Hand Lettering gehören in ihr Portfolio. Zu ihren Kunden zählen Kinderbuch- und Sachbuchverlage, Geschenkartikel-, Papeterie- und Spielwarenhersteller. Weitere Infos und Arbeitsbeispiele gibt es auf ihrer Website: www.natasa-kaiser.com

Mascha Malou

Unser perfekter Freundinnen-Sommer

60 Ideen für die beste Zeit eures Lebens

Illustrationen von Nataša Kaiser

Oetinger Taschenbuch

MIX
Papier aus verantwortungsvollen Quellen
FSC® C084698
FSC www.fsc.org

1. Auflage 2019
Oetinger Taschenbuch im Verlag Friedrich Oetinger GmbH,
Poppenbütteler Chaussee 53, 22397 Hamburg
April 2019

Text: Mascha Malou
Cover und Illustrationen: Nataša Kaiser
Satz: Sabine Conrad, Bad Nauheim
Druck: PNB Print Ltd., »Jāņsili«, Silakrogs, Ropažu novads,
LV-2133, Lettland
ISBN 978-3-8415-0593-4
www.oetinger-taschenbuch.de

Inhaltsverzeichnis

Ihr seid beste Freundinnen,

geht gemeinsam durch dick und dünn und wollt zusammen einen perfekten Sommer erleben? Hier findet ihr jede Menge Ideen, Anregungen und DIYs für spannende, lustige und kreative Aktionen. Im zweiten Teil des Buches könnt ihr dann eurer Freundschaft auf den Zahn fühlen und checken, wie gut ihr euch wirklich kennt.

Viel Spaß ☺

Euer Freundinnen-Sommer

Hier ist Platz für einen Schnappschuss von euch beiden.
Das seid ihr am Anfang des Sommers.

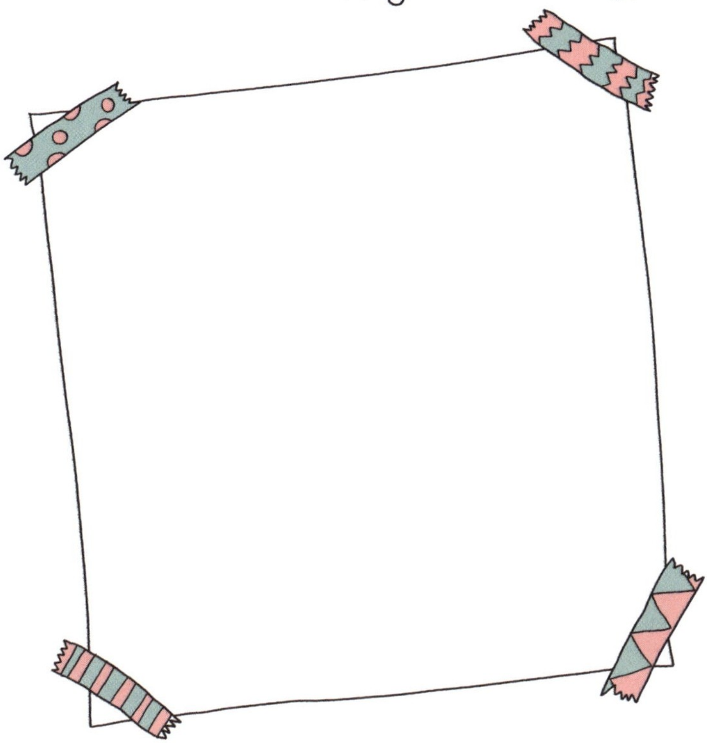

1. Checkliste

Was gehört für euch zu einem perfekten Freundinnen-Sommer?

Wen wollt ihr treffen?

Wem wollt ihr auf keinen Fall begegnennen?

Welchen Ort wollt ihr besuchen?

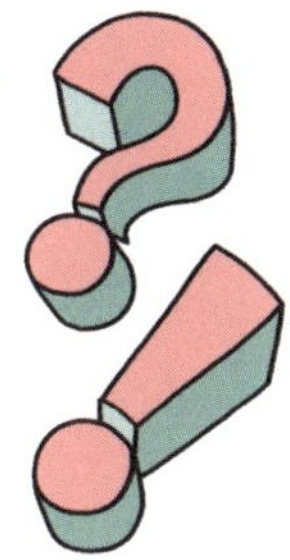

Welche Temperaturen findet ihr perfekt?

Was wollt ihr essen? (Skala von 1 bis 10. 10 sind absolute Favoriten. 1 sind absolute No-Go's)

10
9
8
7
6
5
4
3
2
1

Gibt es einen Film, den ihr sehen, oder ein Buch, das ihr lesen wollt?

Was muss unbedingt passieren?

Was darf auf keinen Fall geschehen?

Welche Highlights erhofft ihr euch?

Wie riecht euer liebster Sommerduft?

Was fehlt euch noch zu eurem Glück?

Wie könnt ihr es bekommen?

Eure liebsten Farben in diesem Sommer sind:

Das nervt dieses Jahr besonders:

Das macht am meisten Spaß:

Welcher ist euer Lieblingsort in diesen Ferien?

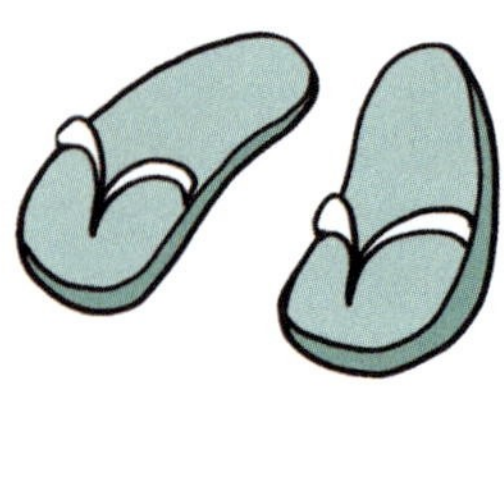

2. Unterm Sternenhimmel übernachten

Es wird Zeit für ein bisschen Abenteuer. Packt ein paar Sachen zusammen, und plant eine Übernachtung im Freien.

Was braucht ihr dafür?

* Isomatte
* Kissen
* Schlafsack
* Joggingklamotten/einen warmen Pyjama
* Getränke
* Snacks
* Zelt

- Kerzen
- Taschenlampe
- gute Musik
- Handy mit Notfallnummern
- Mückenspray
- ....
- ....
- ....
- ....
- ....

3. Ein verrücktes Fotoshooting veranstalten

Besorgt euch in der Drogerie eine Einmalkamera, geht in den Park, und veranstaltet ein verrücktes Fotoshooting. Der besondere Reiz liegt darin, dass ihr die Bilder nicht gleich seht und löschen könnt, sondern abwarten müsst, bis sie entwickelt sind. Das erhöht die Spannung und ist so richtig oldschool.

4. Etwas Verbotenes tun

Habt ihr schon mal etwas ganz und gar Verbotenes getan? Nein? Na dann ist jetzt der richtige Zeitpunkt dafür. Adrenalinkick inklusive! Aber bitte darauf achten, dass ihr euch dabei nicht in Gefahr bringt!

TOP SECRET

5. Über den eigenen Schatten springen

Wovor habt ihr Angst? So richtig riesige Panik-Angst? Vor Spinnen oder anderen Krabbeltieren, engen Räumen, der Höhe, Wasser ...

Geht das Problem zusammen an, und bekämpft das Panikmonster im Team!

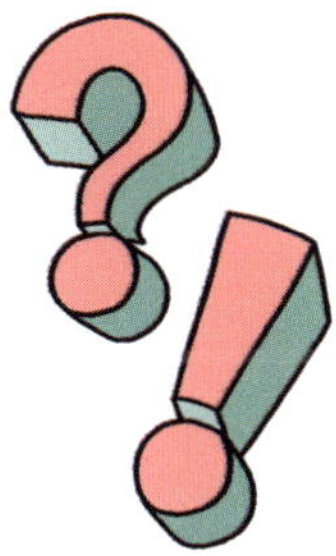

Schritt 1: Die Angst benennen

Wenn ihr eure Angst benennt, habt ihr den Gegner schon mal klar vor Augen.

Schritt 2: Der Plan

Überlegt euch, was ihr gegen das Panik-Monster tun könnt, und erstellt einen Aktions-Plan.

Schritt 3: Und Action

Jetzt ist Zeit, den Stier bei den Hörnern zu packen. Startet euer gemeinsames Angst-Vertreibung-Event.

Schritt 4: Das Resümee

Na, hat's geholfen? Ist die Angst besiegt, verjagt, in Schutt und Asche gelegt oder zumindest geschrumpft?

Wenn ja, dann feiert euren Erfolg ausgiebig.

Wenn nein, dann überlegt euch eine weitere Maßnahme, und führt sie durch. Vergesst nicht:

Zusammen seid ihr stark!

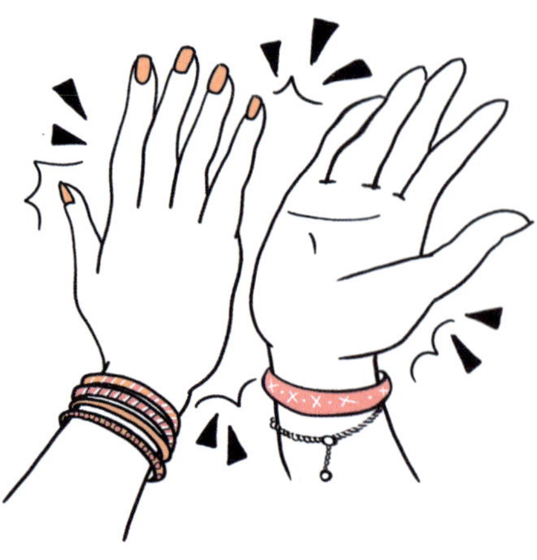

6. Einen Beauty-/Wellnesstag einlegen

Ein Beautytag, an dem man sich so richtig verwöhnt und es sich gut gehen lässt, muss regelmäßig sein.
Was ist euer Rezept, um zu entspannen?
Wie und wo tankt ihr am besten Energie?

Hier kommen ein paar tolle Verwöhn-Tipps:

D.I.Y.

Zitronen-Quark-Maske

FÜRS GESICHT

Diese Gesichtsmaske ist erfrischend und bekämpft wunderbar unreine Haut. Das Vitamin C der Zitrone lindert kleine Entzündungen, und der Quark spendet kühlende Feuchtigkeit.

Ihr braucht:

1

1,5 Teelöffel frischen Zitronensaft

So geht's:

Presst die Zitrone aus, und vermengt sie mit dem Quark. Verteilt die Masse gleichmäßig auf euer zuvor gereinigtes Gesicht.

Lasst alles etwa 15 Minuten einwirken, und spült es vorsichtig mit warmem Wasser ab.

Falls ihr besonders trockene Haut habt, könnt ihr statt der Zitrone auch 1 Esslöffel Honig nehmen. Die Maske nehmt ihr dann am besten mit einem in warmer Milch getränkten Wattepad ab, und wascht hinterher den Rest mit Wasser ab.

Ei-Maske

FÜR DIE HAARE

Diese Maske ist ein echter Kick für eure Haare, denn Eier haben viele Vitamine und Mineralstoffe, die hervorragend trockene und splissige Spitzen pflegen. Achtung: Der Geruch ist etwas gewöhnungsbedürftig!

Ihr braucht:

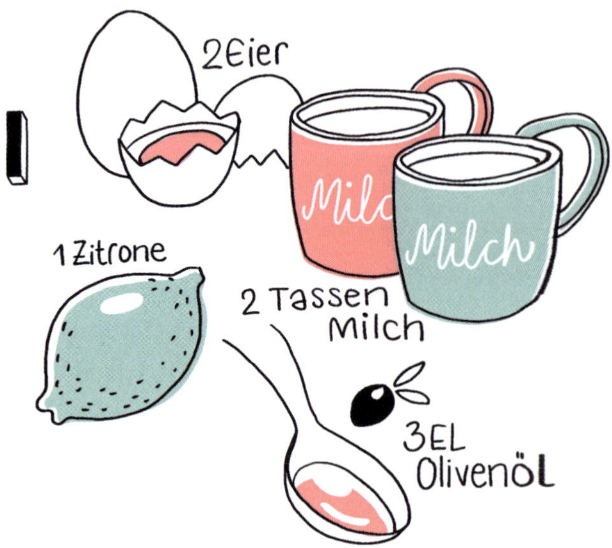

So geht's:

Verrührt die Eier, und mischt lauwarme Milch und Olivenöl dazu. Dann mengt ihr die ausgepresste Zitrone unter. Massiert die Maske in das trockene Haar ein, und lasst alles 15 Minuten einwirken.

Am besten umwickelt ihr eure Köpfe mit einem Handtuch. Danach wascht ihr die Haare gründlich mit Shampoo aus.

D.I.Y.

Schoko-Minze-Balsam

FÜR DIE LIPPEN

Der lecker duftende Balsam sorgt für richtig samtige Lippen. Perfekt, wenn ihr einen Kussmund wollt. ;-)

Ihr braucht:

* 1 Esslöffel Sheabutter
* 1 Esslöffel Kokosöl
* 1 TL Bienenwachs
* 2 Tropfen Pfefferminzöl
* 6 Schokoladentropfen (ihr könnt auch einfach ein paar Stückchen einer Schokoladentafel nehmen)
* mehrere kleine Döschen (am besten 5 ml)

So geht's:

Schmelzt das Kokosöl, die Sheabutter und das Bienenwachs langsam in einem Wasserbad. Fügt dann das Pfefferminzöl hinzu, und hebt die Schokolade unter.

Wenn ihr Schokoladentafel-Stückchen nehmt, rührt sie so lange in die warme Creme, bis sie sich vollständig aufgelöst haben.

Füllt die Masse zum Schluss in kleine Döschen.

Fertig ist euer Balsam!

7. Sommer-Playlist

Erstellt eine Playlist mit euren Lieblingssommerhits.

Welche Songs mögt ihr zurzeit am liebsten?

Welche findet ihr grauenhaft?

Welche findet ihr grauenhaft?

Welche Songs mögt ihr zurzeit am liebsten?

8. Auf Entdeckungstour gehen

Sucht euch einen Ort in der Stadt oder der näheren Umgebung aus, an dem ihr noch nie wart. Dann macht euch auf den Weg und geht auf Entdeckungstour.

Vermerkt hier, welche Eindrücke ihr sammelt, oder zeichnet ins Buch, was euch ins Auge springt.

9. Etwas Gutes tun

Gutes tun tut gut! Den anderen natürlich, aber auch einem selbst!

Überlegt euch, wem ihr heute etwas Gutes tun könnt. Vielleicht braucht eine Nachbarin Hilfe beim Einkaufen, oder ihr fahrt ins Tierheim und geht mit einem der Hunde spazieren, oder ...

10. Pst: Guerilla Gardening

Beim Guerilla („kleiner Krieg“) Gardening („Gärtnern“) handelt es sich um das heimliche Aussäen von Pflanzen auf öffentlichen Plätzen. Öde und triste Stellen wie Brachflächen, trostlose Seitenstreifen und kahle Verkehrsinseln werden in Oasen mit bunten Farbkleksen verwandelt. Ursprünglich handelte es sich um eine Protestaktion, die ein bisschen Chaos verursachen sollte. Mittlerweile hat sich Guerilla Gardening aber zum urbanen Gärtnern gemausert.

Die Waffe der Guerilla Gardener: Samenbomben.

D.I.Y. Samenbomben

Samenbomben (englisch: „Seed Bombs") sind aus Erde geformte Kugeln, die Pflanzensamen enthalten. Sie sind klein und rund und erinnern ein bisschen an Pralinen.

Ihr braucht:

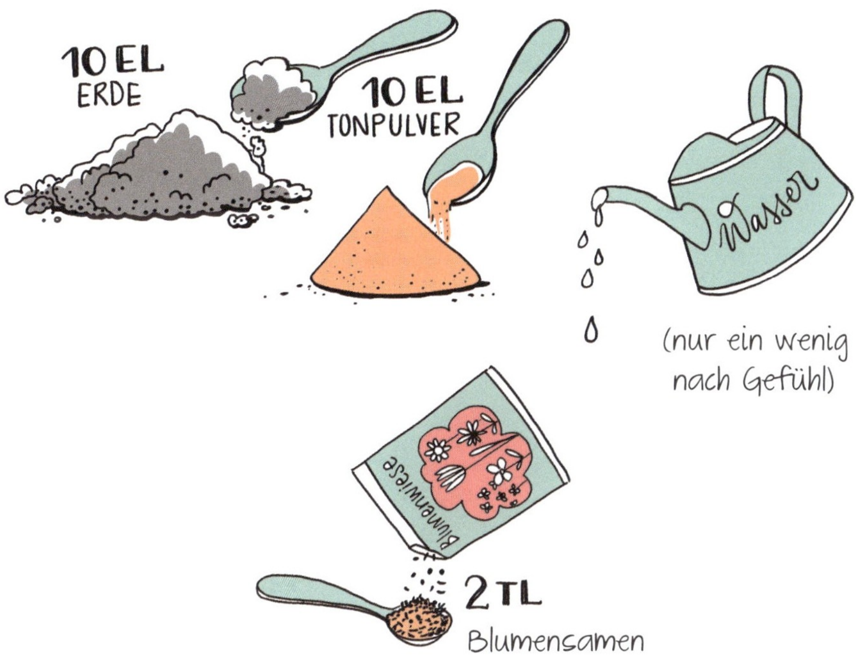

So geht's:

Schritt 1: Der Samenbombenteig

1

Ihr vermengt Tonpulver und Erde und fügt so lange Wasser hinzu, bis ihr eine formbare Masse habt. Danach streut ihr die Blumensamen in den Teig, und knetet sie ein.

Schritt 2: Die Kugeln formen

2

Nun formt ihr kleine Kugeln aus dem Teig. Sie sollten ungefähr so groß wie eine Walnuss sein.

Schritt 3: Trocknen lassen

Die fertigen Samenbomben müssen getrocknet werden. Am besten legt ihr sie eine Weile in die Sonne.

3

Schritt 4: Los geht's!

Nun könnt ihr loslegen

und euch eine kahle Stelle aussuchen, an der ihr die Seed Bombs platziert. Aber Achtung: Guerilla Gardening hat den Hauch von etwas Illegalem, immerhin gehören die Flächen Privatleuten oder der Stadt. Deshalb darf man die Kugeln eigentlich nur im eigenen Garten verteilen. Manchmal fällt einem aber vielleicht irgendwo eine Samenbombe aus der Tasche. Rein zufällig, natürlich! ;-)

Übrigens kann man die getrockneten Bomben auch in buntes Papier einwickeln, damit sie wie Bonbons aussehen. So lassen sie sich wunderbar verschenken.

11. Whatsapp-Konversation

Schreibt hier euer schrägstes Whatsapp-Gespräch auf. Vielleicht versteht nur ihr zwei, was eigentlich gemeint war. ;-)

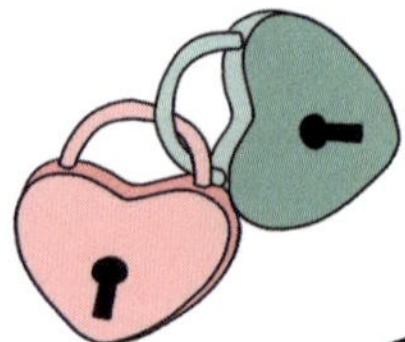

12. Platz schaffen für Neues

Sich regelmäßig von Altlasten befreien tut ungemein gut. Deshalb nehmt euch einfach mal eure Kleiderschränke vor, und mistet gemeinsam Klamotten aus. Meistens hat man viel mehr, als man tatsächlich braucht.

Checkliste für Kleidungsstücke, bei denen ihr nicht sicher seid, was ihr damit tun sollt:

Wie oft habt ihr es im letzten halben Jahr angezogen?

1-mal	bitte in den Altkleidersack
2-mal	bitte in den Altkleidersack
ab und zu	bitte in den Altkleidersack, wenn das Herz nicht allzu sehr daran hängt

regelmäßig, aber ich mag es nicht mehr	bitte in den Altkleidersack
ständig	behalten

Wenn das Teil eigentlich wegsollte, ihr euch aber trotzdem nicht davon trennen könnt, macht Folgendes: Packt es in einen Beutel, und gebt ihn eurer ABF. Sie bewahrt ihn zwei Wochen für euch auf. Wenn ihr es in dieser Zeit nicht vermisst, entsorgt es. Wenn es euch jedoch ständig im Kopf herumspukt, solltet ihr es erst mal behalten.

13. Sommerzeit ist Partyzeit

Was gehört zu einer perfekten Party?

- ein optimaler Ort
- coole Drinks
- besondere Snacks
- gute Musik
- enge Freunde
- Einladungen
  Was textet ihr euren Freunden?
  Vielleicht ein lustiges Gedicht?
- gute Laune
- ______________________
- ______________________
- ______________________
- ______________________
- ______________________
- ______________________

*
*
*
*
*
*

Hier kommen ein paar DIYs für eure Party:

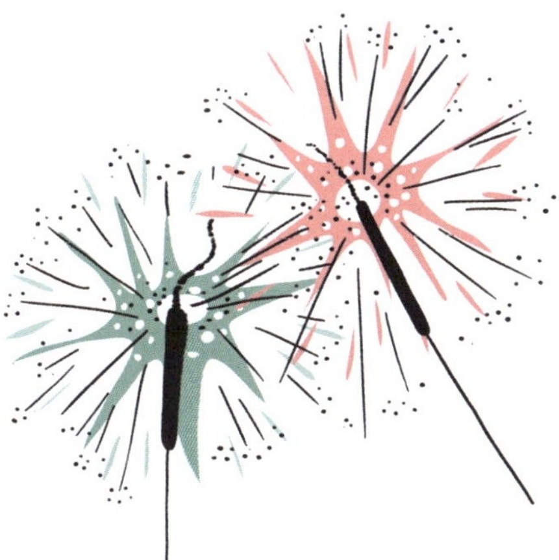

D.I.Y.

Leckerer Smoothie

MIT WASSERMELONE, GURKE UND ORANGE

Ihr braucht:

So geht's:

Schneidet die Wassermelone, die Gurke und die Orange in kleine Würfel, und werft sie mit den anderen Zutaten in einen Mixer. Anschalten. Fertig!

Wenn ihr einen Slushy machen wollt, würfelt die Wassermelone, die Gurke und die Orange einen Tag vorher, füllt sie in eine Eiswürfelform und mixt sie am nächsten Tag zusammen mit dem Rest.

D.I.Y. Süße Gummibärchen

Ihr braucht:

So geht's:

Erwärmt den Saft in einem Topf, und gebt die Gelatine, den Zucker und den Zitronensaft hinzu. Verrührt alles gut miteinander, bis alle Zutaten vollständig aufgelöst sind.

Jetzt gebt ihr eure Gummibärchen-Flüssigkeit in die Eiswürfelform und lasst alles für ein paar Stunden abkühlen.

Zum Schluss könnt ihr die Bärchen ganz einfach aus der Form drücken und hübsch in Zellophantütchen verpacken.

Dann heißt es: schnell auffuttern. Die Gummibärchen halten sich, kühl verpackt, maximal eine Woche, da sie keine Zusatzstoffe enthalten.

Quietschbunte Kekse

D.I.Y.

Ihr braucht:

200 g Mehl
200 g Zucker
1 TL Vanillezucker
100 g Butter
1 Ei
Lebensmittelfarbe
Marshmallows

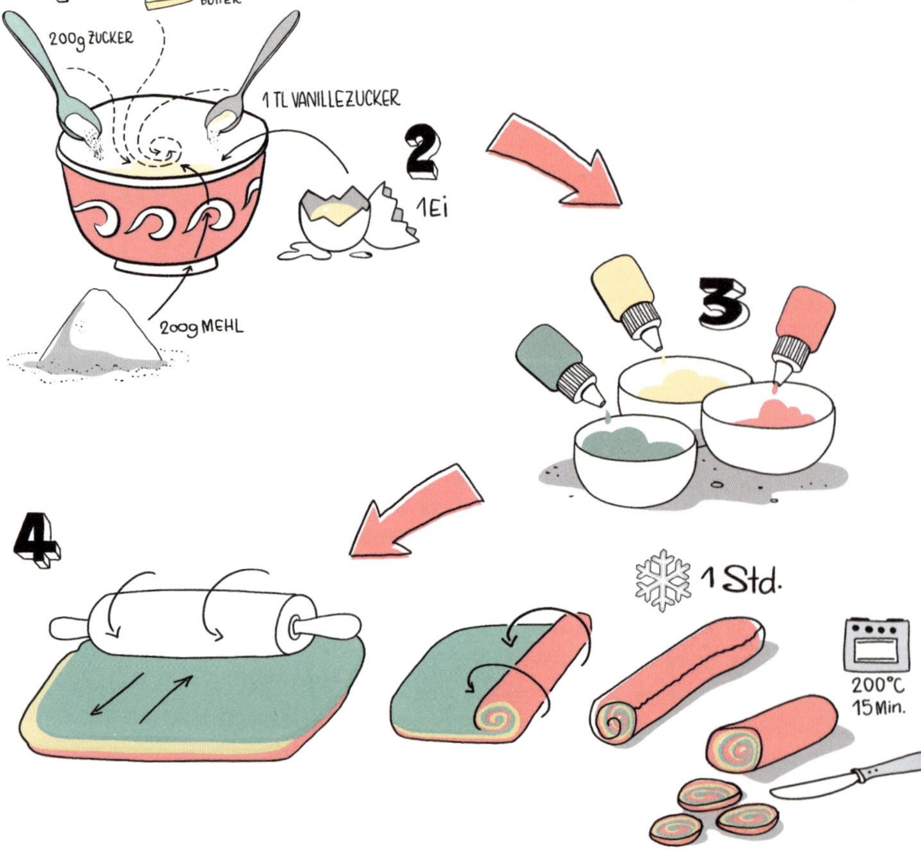

So geht's:

Verrührt die Butter, den Zucker und Vanillezucker, bis eine cremige Masse entstanden ist. Dann gebt das Ei dazu und nach und nach auch das Mehl. Knetet alles weiter, damit ein fester Keksteig entsteht.

Jetzt teilt ihr den Teig auf mehre Schüsseln auf und färbt sie jeweils in den Farben eurer Wahl.

Rollt den Teig nacheinander aus, und legt die Platten aufeinander. Dann könnt ihr sie zu einer Rolle drehen, die ihr für mindestens eine Stunde kalt stellen müsst.

Wenn sie aus dem Kühlschrank kommt, könnt ihr eure Kekse abschneiden.

Sie kommen für ca. 15 Minuten bei 200 Grad in den Ofen.

Sobald ihr sie raushsolt, drückt einen Marshmallow zwischen zwei Kekse. Der Schaumzucker zerläuft sofort und ihr habt superleckere, quietschbunte Kekse mit Füllung.

D.I.Y. Bunte Lichterkette

Ihr braucht:

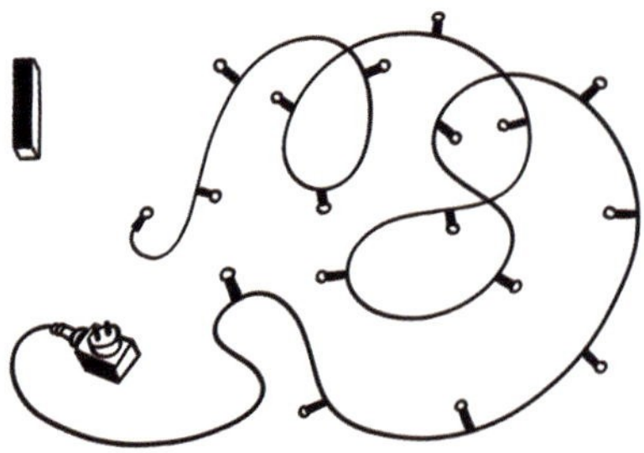

1 LED-LICHTERKETTE

PLASTIKBECHER

BUNTES SEIDENPAPIER

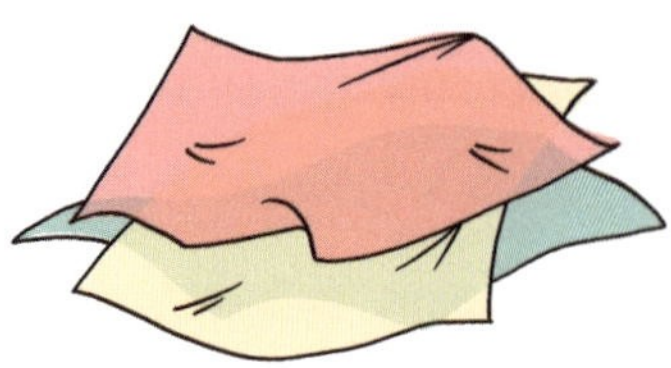

DEKO-AUFKLEBER

mit verschiedenen Motiven wie Blumen, Herzen oder Sterne

2

3

So geht's:

Klebt das bunte Seidenpapier auf die Plastikbecher, und lasst eurer Kreativität mit den Dekoaufklebern freien Lauf. Alles kurz trocknen lassen.

Dann schneidet ihr zwei kreuzförmige Schlitze in den Boden des Bechers, und befestigt die LED-Lichterkette an den Lampenschirmen.

Voilà, eure persönlich kreierte Lichterkette ist bereit zu leuchten.

4

14. Heute schon gelacht?

Es gibt Tage, an denen ist man mies drauf und die Welt um einen herum in jeder Hinsicht doof. Versucht mal, an so einem Tag – oder auch an einem ganz normalen Tag – so viel zu grinsen, lächeln und lachen wie möglich. Das fällt vielleicht erst mal schwer, wirkt aber Wunder. Lächeln setzt nämlich Glückshormone frei, und herzhaftes Lachen soll sogar die körpereigenen Abwehrkräfte und das Immunsystem stärken und Kalorien verbrennen. Also keep smiling!

Notiert hier, was es für eine Veränderung gebracht hat.

* Was fällt euch auf?
* Was macht es mit euch?
* Wie reagieren die Leute um euch herum?

15. Sommerzeit ist Flirtzeit

Welche Eigenschaft mögt ihr an einem Jungen?

-
-
-
-
-
-
-
-

Was darf ein Junge auf keinen Fall tun?

Was lässt euch auf Wolke sieben schweben?

Denkt euch lässige Anmachsprüche aus, sammelt sie, und probiert sie dann an zwei süßen Typen aus.

Notiert hier, wie erfolgreich oder peinlich die Aktionen waren. Was würdet ihr das nächste Mal anders machen?

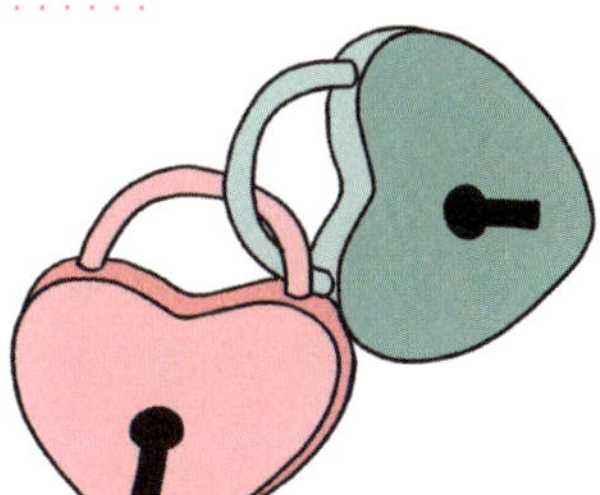

16. Null Müll – Zero Waste

„Zero Waste" bedeutet schlichtweg „null Müll", also völlige Müllvermeidung. Versucht mal, einen Tag lang so wenig Müll wie möglich zu produzieren.

Zum Beispiel:

* Verzichtet beim Smoothie im Café auf den Strohhalm.
* Lasst euch keinen Zettel an der Supermarktkasse ausdrucken.
* Haltet einen Coffee-to-go-Becher bereit, wenn ihr euch ein Getränk besorgt. Es gibt superschöne Varianten aus Bambus.

* Kauft eine Zahnbürste aus Holz.
* Achtet beim Shoppen darauf, dass die Klamotten aus 100% Baumwolle sind, denn beim Waschen lösen sich Teile aus den Synthetikstoffen und landen als Mikroplastik im Grundwasser.
* Verzichtet auf Tüten in eurem Lieblingsshop.

* ....
  ....
  .....
* ....
  ....
* ....
  ....

Hier kommt ein DIY-Tipp für einen Shopping-Jutebeutel

D.I.Y. Shopping-Jutebeutel NÄHEN

Ihr braucht:

Bleistift

So geht's:

Schritt 1: Schnitt anfertigen

Für den Beutel wählt die Maße 20 x 30 cm.

Für die Henkel 4 x 30 cm; wollt ihr sie auch über die Schulter tragen, dann 4 x 50 cm.

Nehmt das Zeitungspapier, zeichnet den Schnittteile darauf, und schneidet sie aus.

Schritt 2: Stoff zuschneiden

Faltet den Stoff zur Hälfte so, dass die Seite, die später zu sehen ist, innen liegt.

Legt den Beutelschnitt mit der schmalen Seite (die 20 cm lang ist) an den Stoffbruch.

Steckt ihn mit Stecknadeln fest, und schneidet an den beiden langen Seiten im Abstand von einem Zentimeter entlang (das ist die Nahtzugabe).

Am oberen Rand des Beutels schneidet ihr im Abstand von 4cm entlang (messt das vorher ab, und macht euch evtl. kleine Striche mit dem Bleistift, dann schneidet es sich besser).

Nun schneidet noch die Henkel zu. Hier wieder in einem Abstand von 1 cm ringsum.

Schritt 3: Tasche zusammennähen

Ihr nehmt den Schnitt von dem Beutel, lasst den Stoff aber genau so aufeinanderliegen.

Jetzt näht ihr die beiden langen Seiten runter (steckt euch die Naht evtl. mit 2 oder 3 Stecknadeln fest, dann verrutscht es beim Nähen nicht).

Nun stellt euch einen Zickzackstich ein, und näht an der Stoffkante lang. Hierdurch wird die Naht versäubert, und es fusselt oder franst nichts aus.

Schritt 4: Die Henkel

Die Henkel klappt ihr zur Hälfte um, sodass sich die rechte Seite innen befindet (rechts ist immer die Seite, die man später sehen soll). Steckt sie fest, und näht sie mit 1 cm Abstand entlang der Kante zusammen.

Benutzt ihr zum Wenden eine Sicherheitsnadel, dann bleiben beide Enden offen, nehmt ihr einen Kochlöffel muss ein Ende zugenäht werden.

Hinterher müsst ihr die Henkel umdrehen. Dazu befestigt ihr eine nicht zu kleine Sicherheitsnadel an einem Ende des Schlauchs (am besten in die Nahtzugabe stecken), steckt sie in den Schlauch und zieht sie nach und nach durch.

Nehmt ihr einen Kochlöffel zu Hilfe, dann drückt ihr das Ende, das ihr zugenäht habt, mit dem Finger nach innen, steckt dann den Löffelstiel rein und zieht den Henkel nach und nach auf rechts.

Bügelt die Henkel glatt.

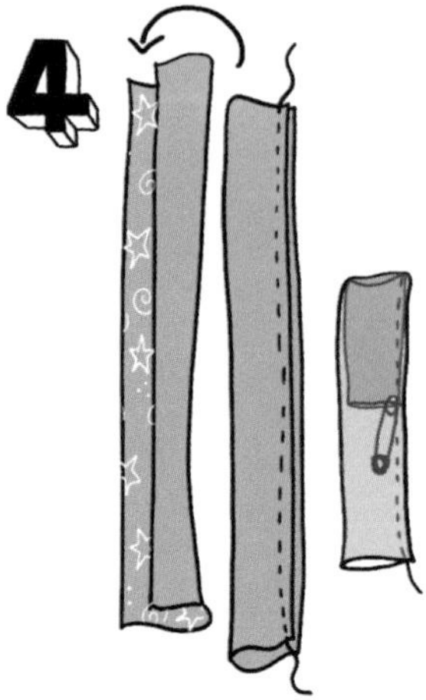

Schritt 5: Fast geschafft

Messt vom rechten und linken Rand aus 5 cm ab, steckt dort die Henkel an beiden Seiten fest, jeweils 1 cm von der Stoffkante entfernt (die Henkel zeigen nach unten und liegen auf der Außenseite des Beutels).

Nun näht kurz die Henkel fest, im Abstand 2 cm von der Stoffkante.

Jetzt schlagt die Henkel in den Beutel, dabei legt sich die Stoffkante fast automatisch 2 cm um. Nun steckt ihr den 2-cm-Umschlag innen fest und näht an der Umschlagkante entlang.

Als Letztes die Henkel nach oben legen und feststecken, dann noch mal an der oberen Kante entlangnähen. So befestigt ihr gleichzeitig die Henkel.

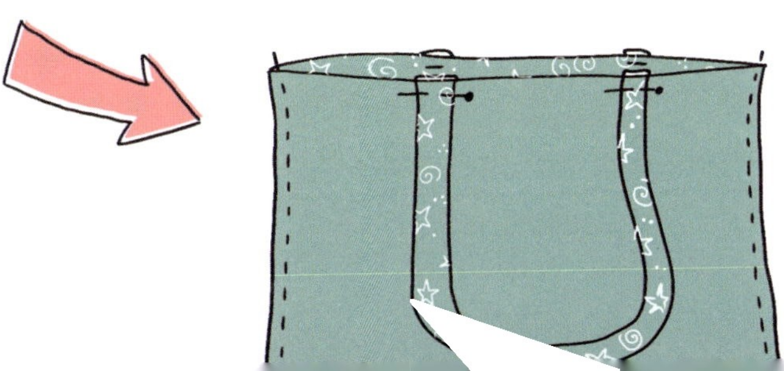

5

D.I.Y. Shopping-Jutebeutel bedrucken

Um aus einem schlichten Beutel ein richtiges It-Piece zu machen, könnt ihr ihn ganz einfach mit einem Motiv bedrucken.

Ihr braucht:

1

2

Zeichnet ein Motiv auf ein Stück Karton, und schneidet es aus.

So geht's:

Legt ein Stück Karton in den Jutebeutel, damit die Farbe nicht durchdrückt. Dann legt die Schablone auf die Stelle, an der ihr den Druck haben wollt, und befestigt sie mit dem Klebeband. Nehmt mit dem Schwämmchen etwas Textilfarbe auf, und tupft sie vorsichtig in die Schablone.

Lasst alles gut trocknen, bevor ihr die Schablone wieder abnehmt.

3

17. Schräge Mode ausprobieren

Geht in ein Kaufhaus oder noch besser in einen schicken Modeladen, den ihr normalerweise nie betreten würdet. Sucht euch ein paar verrückte, schräge, altbackene, völlig überteuerte, grottenhässliche oder total hippe Klamotten aus und probiert sie an. Am besten haltet ihr eure Verwandlungen mit der Kamera fest, wenn die Verkäuferin gerade nicht hinschaut.

18. Aus alt mach neu! Upcycling

In dem Wort „Upcycling“ stecken „Up“= Aufwerten und „Recycling“= Wiederverwerten. Die Idee dahinter ist es, alte, oder scheinbar nutzlose Dinge in neuwertige Produkte umzuwandeln.

Geschirr mit Nagellack marmorieren

D.I.Y.

Ihr braucht:

1

So geht's:

Füllt Wasser in eine Schüssel und träufelt ein paar Tropfen Nagellack hinein. Rührt es vorsichtig mit dem Stäbchen um. Nehmt die Tasse, den Teller, oder was ihr euch sonst ausgesucht habt, und zieht es in einer fließenden Bewegung durch das Wasser.

2

Jetzt lasst es auf etwas Küchenpapier trocknen. Tadaaaaa – schon ist das neue Geschirr mit tollem Marmoreffekt fertig.

Achtung, es ist nicht spülmaschinengeeignet!

19. Notfallplan, wenn ihr euch ein paar Tage nicht sehen könnt

Schreibt eurer ABF ein Miss-you-Gedicht, tragt es wie in einem Poetry-Slam vor, nehmt es auf, und schickt es euch gegenseitig.

* Kauft euch gegenseitig ein kleines Geschenk, z. B. ein hübsches Armband.
* Schickt euch ein Foto vom schrägsten Moment des Tages.
* Stellt euren Rekord im Langzeittelefonieren auf.
* Macht abends ein Foto vom Sonnenuntergang, und sendet es euch.
* Schreibt euch einen altmodischen Brief, so richtig mit Stift, Papier und Briefmarke.

20. Mal so richtig nichts tun und höchstens gemeinsam am See oder im Freibad chillen

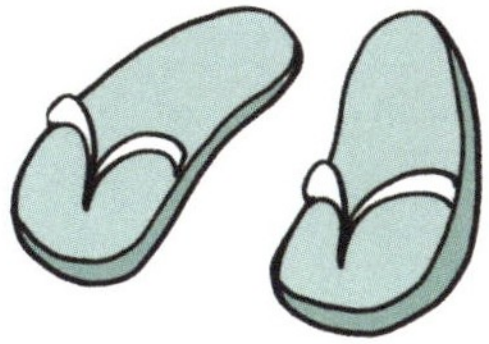

Viele Studien zeigen, dass Innehalten und einfach die Seele baumeln lassen gut für das Immunsystem ist, die Kreativität steigert und man hinterher mehr Power hat. Deshalb ist heute Zeit, um mal so richtig zu chillen. Nehmt euch vor, absolut nichts zu tun. Wenn es euch zu heiß ist, dann geht maximal ins Freibad oder an den See.

Schon der Maler Heinrich Zille sagte:
„Wie herrlich ist es, nichts zu tun
und dann vom Nichtstun auszuruh'n."

Also dann, viel Spaß, beim Nichtstun!

21. Schnappschüsse mit dem Fotoautomat machen

Sucht euch einen Fotoautomat und quetscht euch zusammen auf den Hocker, um verrückte Bilder von euch zu machen.

- Wer kann die Zunge am weitesten rausstrecken?
- Wer kann am besten schielen?
- Wer kann am nettesten lächeln?
- Wer kann die Augen am weitesten aufreißen?
- Wer kann so böse schauen, dass man regelrecht Angst bekommt?
- ....
  ....
- ....
  ....
  ....

Klebt die beiden besten Fotos hier ein.

22. Einen Dreamcatcher basteln

Traumfänger sind indianische Schutzamulette. Sie sollen böse Geister von dem Schlafenden fernhalten, ihn beschützen und ihn ruhig schlafen lassen. Die schlechten Träume verfangen sich im Netz – so wie die Beute in einem Spinnennetz – und werden von der Morgensonne neutralisiert. Die guten Träume schlüpfen durch das Loch in der Mitte des Netzes hindurch oder gleiten an den daran befestigten Federn sanft zum Schlafenden hinunter.

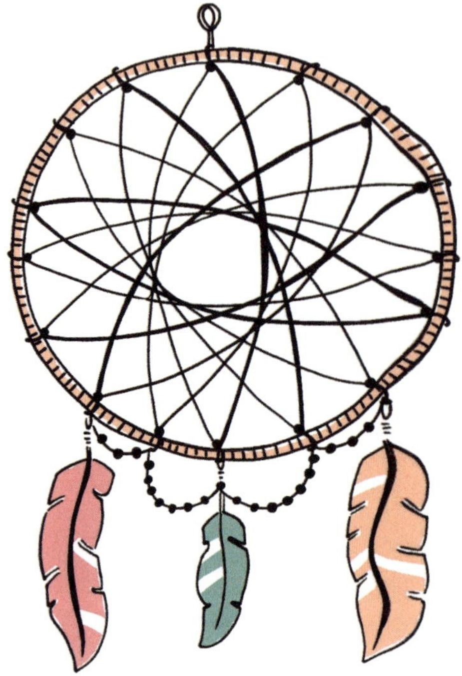

Ihr braucht:

* 1 Ring aus Holz oder Draht (je nachdem, wie groß euer Dreamcatcher werden soll, zum Beispiel mit 10 cm oder 20 cm Durchmesser)
* Schnüre für das Netz (Garn, Kordeln, Bänder)
* 1 Knäuel Wolle
* Federn und Holzperlen

So geht's:

Umwickelt den Ring einmal komplett mit der Wolle, und verknotet die Enden miteinander.

Für das Netz nehmt ihr am besten Garn oder eine Kordel. Bindet das eine Ende an den Wollreifen, und wickelt den Faden etwa zehn Zentimeter entfernt erneut einmal um den Ring. Das wiederholt ihr so lange, bis ihr den Reifen umrundet habt.

Jetzt arbeitet ihr euch immer weiter nach innen vor. Ihr umwickelt mit dem Garn aber nicht mehr den Ring, sondern die Fäden. Schlingt ihn nach und nach jeweils um die Mitte der im vorigen Schritt gezogenen Bahnen. Seid ihr am

Mittelpunkt angekommen, schneidet das Garn ab, und verknotet sein Ende mit dem Geflecht.

Das Grundgerüst eures Traumfängers ist fertig, und ihr könnt es verzieren. Nehmt dafür ein paar jeweils einige Zentimeter lange Bänder, auf die ihr Perlen zieht oder an die ihr Federn knotet, und arbeitet sie in das Geflecht ein.

Wunderbare Träume!

23. Der Rollentausch!

Manchmal wünschen wir uns, nicht in unserer eigenen Haut zu stecken, sondern in der einer anderen Person. So zu fühlen, zu leben und sich so zu verhalten wie sie. Weil ihr eure BF am allerbesten kennt und alles über ihre Gewohnheiten, Spleens und Gefühle wisst, schlüpft doch mal für einen Tag in ihre Rolle. Steht auf, wenn sie es tut. Frühstückt das, was sie immer isst. Macht sie Sport? Dann los! Kleidet euch wie sie (vielleicht leiht ihr euch dafür gegenseitig eure Lieblingsklamotten), frisiert und schminkt euch wie sie, und verhaltet euch auch möglichst in allen Situationen so, wie es eure ABF tun würde. Gar nicht so leicht, oder?

Abends könnt ihr dann wieder feierlich in eure eigenen Körper und Leben schlüpfen und darauf anstoßen, dass ihr ihr selbst seid. Prost!

Eure Freundschaft

24. Worüber lacht ihr gerne?

25. Könnt ihr auch zusammen weinen?

26. Das macht eure ABF so besonders für euch:

Aller-
BESTE
Freundin

27. So seid ihr! Beschreibt euch gegenseitig in 5 Sätzen.

1 ....

2 ....

3 ....

4

5

28. Stärken und Schwächen. Wer ist:

* verrückter ______________________
* mutiger ______________________
* ängstlicher ______________________
* sanfter ______________________
* lauter ______________________
* sportlicher ______________________
* ehrlicher ______________________
* frecher ______________________
* nachdenklicher ______________________
* biestiger ______________________
* ausgeglichener ______________________

* lockerer ______________________
* klüger ______________________
* ausgeflippter ______________________
* fröhlicher ______________________
* wilder ______________________
* erfolgreicher ______________________

29. Das schönste Kompliment, das ihr euch gegenseitig gemacht habt, ist:

30. Wenn ihr eurer ABF einen Herzenswunsch erfüllen könntet, was wäre das?

31. Beschreibt hier ausführlich eure Träume und Albträume:

Movie Star

32. Welche „Dos“ an „Don’ts“ gibt es in eurer Freundschaft?

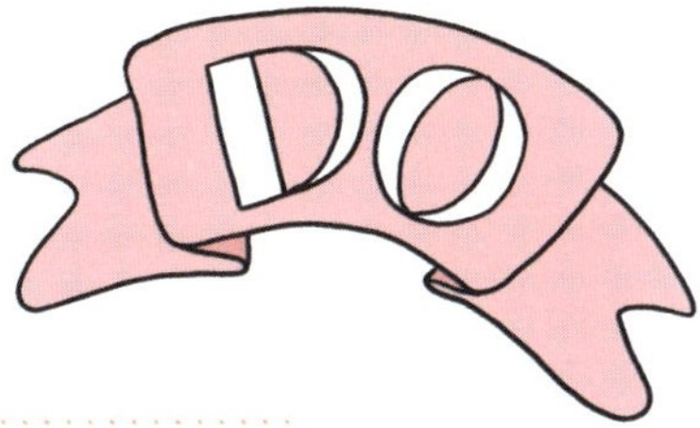

DON'T

33. Das wolltet ihr eurer ABF immer schon mal sagen?

Schreibt es auf einen Zettel, legt ihn in einen Briefumschlag, und klebt ihn hier ins Buch.

34. Wenn eure ABF eine Pflanze wäre, dann würde sie so aussehen.

Klebt ein Foto ein, oder zeichnet ein Bild.

35. Wie betritt eure ABF einen Raum?

Haltet es in drei kurzen Sätzen fest.

1 ....

....

2 ....

....

....

3 ....

....

....

36. Wenn eure ABF eine Filmfigur wäre, dann wäre sie ……………………………, weil …

37. Was war euer größtes Highlight bisher?

Wo fand es statt?

Was genau ist passiert?

38. Ab diesem Zeitpunkt wart ihr unzertrennlich:

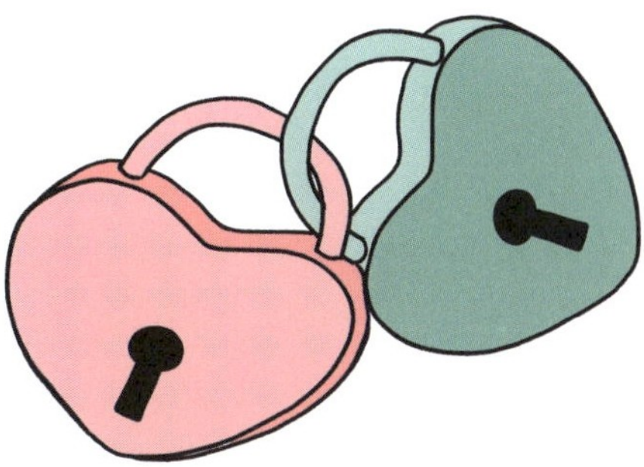

39. Was war euer lustigstes Erlebnis?

LEBE
wild
UND
gefährlich

40. So sieht eure Freundschaft aus.

Sucht ein Bild oder einen witzigen Spruch aus, der euch beschreibt, und klebt ihn hier ein.

41. Was war euer schlimmster Streit?

42. Was unternehmt ihr zwei am liebsten zusammen?

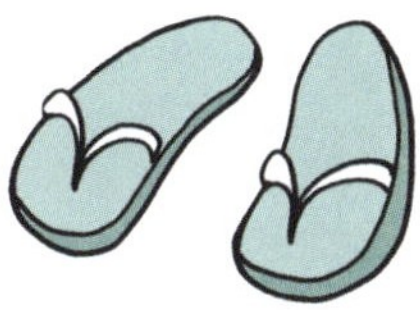

43. Was war euer peinlichstes Erlebnis?

OMG

44. In welchen Punkten seid ihr euch besonders ähnlich?

45. Worin seid ihr völlig unterschiedlich?

* ....
....
* ....
....
* ....
....
* ....
....
* ....
....
* ....
....
* ....
....
* ....
....
* ....
....

46. Schreibt eine Gebrauchsanweisung für den zukünftigen Lebenspartner eurer ABF!

47. Dieses Körperteil mögt ihr an eurer ABF ganz besonders:

48. Das wünscht ihr eurer ABF von Herzen:

49. So seht ihr eure ABF in 15 Jahren.

Stellt eine Collage aus Zeitschriftenseiten zusammen.

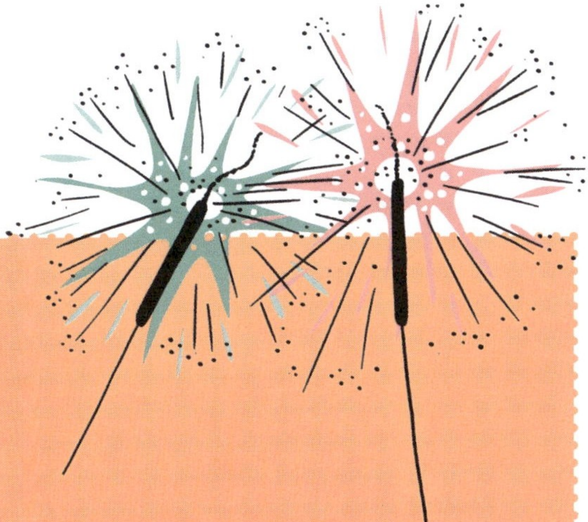

50. So wart ihr als Kinder:

- ☐ ein Sonnenschein
- ☐ eher mürrisch
- ☐ Mamakind
- ☐ Papakind
- ☐ weder … noch
- ☐ ziemlich schüchtern
- ☐ total neugierig
- ☐ immer topfit
- ☐ öfter krank

- [ ] anhänglich
- [ ] abenteuerlustig
- [ ] ....
- [ ] ....
- [ ] ....
- [ ] ....
- [ ] ....
- [ ] ....
- [ ] ....
- [ ] ....

51. Wisst ihr wirklich alles voneinander?

Hier ist Platz, um etwas auszugraben, das bisher tief verborgen war.

TOP SECRET

52. Was bedeutet für euch Glück?

Wann hattet ihr das letzte Mal so richtig Glück?

Wann hattet ihr absolutes Pech?

Euer Sommer-Resümee

53. Was war euer schönstes Erlebnis?

Schreibt es hier auf, oder klebt ein Foto/eine Collage davon ein.

54. Mit welchen Leuten habt ihr euren Sommer verbracht?

Beschreibt sie, und klebt ein Bild ein.

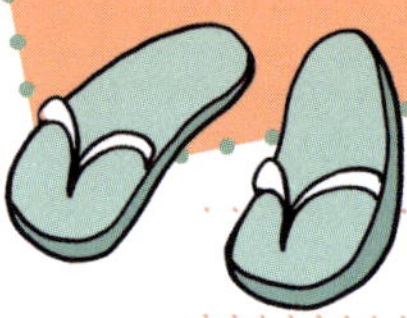

55. Hattet ihr oder zumindest eine von euch einen heißen Sommerflirt?

Beschreibt ihn genauer.

56. Erstellt hier eine Bucket List für den Rest des Sommers.

- ....
....
- ....
....
- ....
....
- ....
....
- ....
....
- ....
....
- ....
....
- ....
....
- ....
....

*

*

*

*

*

*

*

*

To Do
Poolparty
Kino
Nähen
Dance Challenge

57. Was haben eure anderen Freunde erlebt?

Love

Einladung

58. Habt ihr euch in den letzten Wochen verändert? Wenn ja, inwiefern?

59. Welche Vorsätze und Pläne habt ihr für den Herbst?

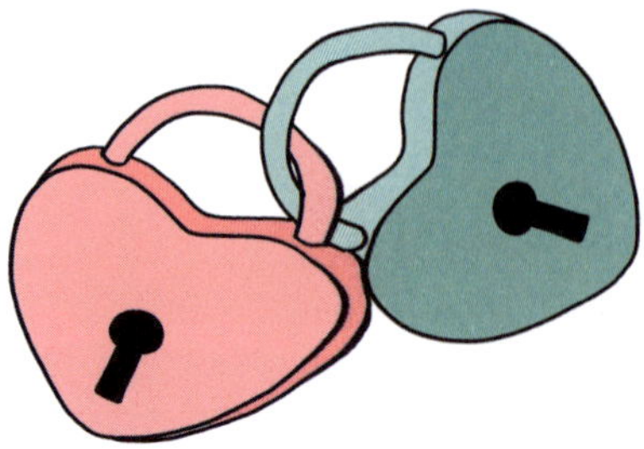

60. Checkliste

Am Anfang des Sommers habt ihr eine Checkliste erstellt und euch gefragt, was zu einem perfekten Freundinnen-Sommer gehört, was ihr unbedingt erlebt haben müsst und was auf keinen Fall passieren darf.

Welche Punkte eurer Checkliste habt ihr umgesetzt?

Was habt ihr nicht geschafft?

Was war besser, als ihr es euch erträumt hattet? Warum?

Auf was hättet ihr getrost verzichten können?

Was kommt auf eure To-do-Liste für die nächsten Sommerferien?

Erstellt ein Ranking der drei schönsten Orte, an denen ihr im Sommer wart.

1 ....

2 ....

3 ....

Hier kommt wieder ein Schnappschuss
von euch beiden rein.

Dieses Mal vom Ende des Sommers.

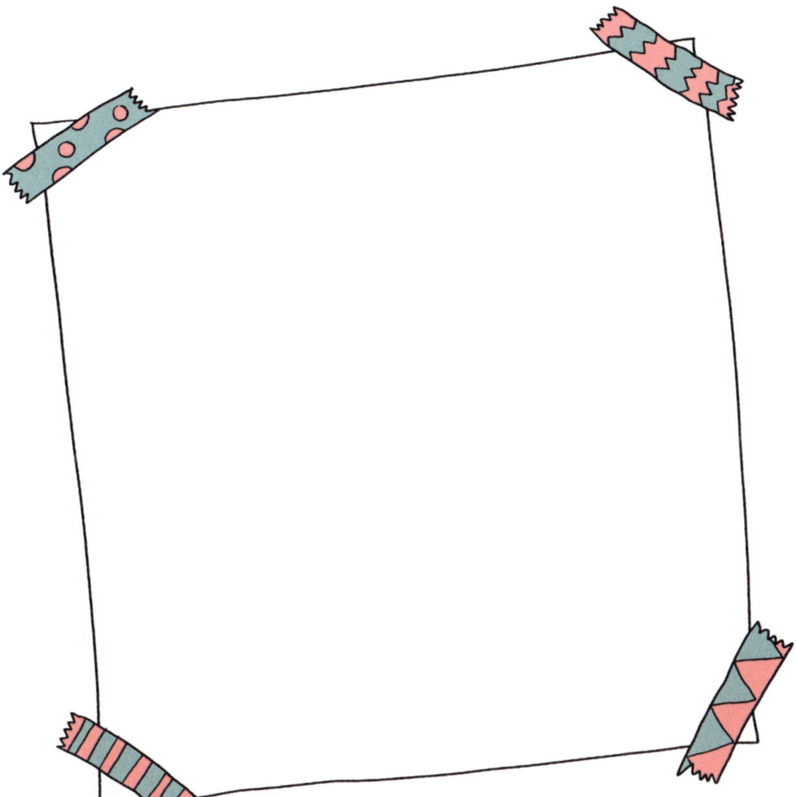

Auf in den Herbst!

Leseprobe aus:

TANZE BARFUß DURCH DEIN LEBEN

GLÜCKSIDEEN FÜR DEIN JAHR

Texte von
Maren Franz
Illustrationen von
Josephine Pauluth

ISBN 978-8415-0541-5
Oetinger Taschenbuch

Juni

Guten Morgen, liebe Sonne. Vorhang auf, Jalousien hoch, Fenster weit auf. Lass früh morgens die frische, saubere Luft in dein Zimmer strömen. Stell dich ans Fenster und atme tief ein: Riechst du den Duft des Sommers? Vielleicht beginnt für dich nun eine stressige Phase. Jetzt ist die Zeit, um in der Schule noch einmal richtig durchzustarten, bevor du dich mit den langen Ferien belohnen kannst. Lass dich von den bevorstehenden Aufgaben nicht ängstigen oder stressen. Du schaffst die Herausforderungen. Gönne dir Zeiten fürs Lernen und Zeiten fürs Ausruhen und zum Entspannen. Versuche, stets nur eine Aufgabe zu erledigen und dich voll und ganz auf deine Beschäftigung zu konzentrieren. Sei nicht Multitasking, sondern Monotasking. Dein Gehirn ist nicht dafür geschaffen, sich mit mehreren Dingen gleichzeitig zu beschäftigen, es springt dann ständig zwischen den Aufgaben hin und her. Wenn du Hausaufgaben machst und nebenbei immer mal wieder auf dein Handy schaust, schleichen sich Flüchtigkeitsfehler und Konzentrationsprobleme ein. Du kannst viel effektiver und konzentrierter arbeiten, wenn du dich auf eine Sache fokussierst und alles nacheinander abarbeitest. Monotasking ist pure Entschleunigung. Du wirst merken, dass du deine Hausaufgaben viel schneller und vor allem auch korrekter erledigst, wenn du dein Telefon währendessen ins Nachbarzimmer verbannst. Mache dir eine Liste und plane deine Aktivitäten, sortiere sie nach Dauer und Wichtigkeit. Erledige zuerst Arbeiten, die eine hohe Konzentration verlangen, und beende sie mit Dingen, die dir Spaß machen.

LISTE:

Aufgabe	Zeitaufwand

Mut 2:
Positives Denken

Wer etwas Neues ausprobiert, kann auch scheitern. Das ist ganz normal. Habe den Mut, deine Träume zu verwirklichen und Fehler zu machen. Aus Fehlern lernt man viel mehr als aus Erfolgen. Versuche, aus den Hindernissen, die sich dir in den Weg stellen, eine Treppe zu bauen, statt den einfachen Weg zu nehmen und um das Hindernis herumzugehen. Wenn du dich gerade über ein Missgeschick oder einen Misserfolg ärgerst, kannst du folgende Mutmach-Übung probieren:

1. Setze dich entspannt an deinen Lieblingsplatz und lass die Stille einen Moment auf dich wirken. Atme ein paar tiefe Atemzüge in deinen Bauch und spüre dem Atem nach. Dadurch beruhigt sich dein Atem, und der Ärger löst sich langsam in Luft auf.

2. Versuche, die Situation, in der du etwas Neues ausprobiert hast und gescheitert bist oder in der etwas trotz häufigerem Üben einfach nicht geklappt hat, noch einmal ganz in Ruhe zu betrachten.

3. Versuche herauszufinden, warum es nicht geklappt hat. Finde den Kern des Scheiterns. Vielleicht hat es nicht funktioniert, weil du es noch nicht oft genug probiert hast, vielleicht war die Situation noch nicht ideal.

4. Mache dir keine Vorwürfe, sondern versuche, den Fehler positiv zu formulieren. Wenn du beispielsweise lernen möchtest, auf einem Seil zu tanzen, sind Fehlschläge vorprogrammiert. Lass dich davon nicht unterkriegen.

5. Denke positiv, sage dir zum Beispiel: »Ich kann mein Gleichgewicht noch besser trainieren, dann falle ich beim Balancieren nicht mehr so oft hinunter.« Versuche es das nächste Mal mit kleineren Schritten und übe erst einmal auf der Stelle, das Gleichgewicht zu halten, ohne vorwärtszugehen. Sage dir: »Ich darf alles ausprobieren – jeder Fehler bringt mich meinem Ziel näher.«

Achtsamkeit 5:
Genieße dein Essen

Mit dieser Achtsamkeitsübung kannst du deinen Geist beschäftigen und die Affenbande im Kopf beruhigen. Übung macht den Meister, und du wirst merken, wie sich deine Sinne immer mehr schärfen und das Geschmackserlebnis intensiviert.

Schließe bei jeder Mahlzeit oder beim Essen eines Pausensnacks, wie z. B. einem Apfel, zwischendurch kurz die Augen. Konzentriere dich auf den Geschmack, den Geruch, die Konsistenz des Lebensmittels in deinem Mund. Spüre, wie, der Bissen im Mund zergeht, und achte auf den Moment des Schluckens. Durch diese achtsamen Pausen beim Essen wirst du mit der Zeit insgesamt langsamer und achtsamer essen und der Nahrung mehr Aufmerksamkeit schenken. Betrachte jeden Bissen als Geschenk für deinen Körper. Schenke ihm gesundes Essen und verzichte auf Fertig- und stark verarbeitete Produkte. Durch das langsame, achtsame Essen bekommen manche Lebensmittel einen ganz anderen Geschmack. Hast du schon mal eine Mohrrübe von außen nach innen abgeknabbert? Dabei stößt du im Inneren auf eine Art »Kern«, der viel süßer schmeckt als der Rest.

»NIMM DIR JEDEN TAG ZEIT,
STILL ZU SITZEN UND AUF DIE DINGE ZU LAUSCHEN.
ACHTE AUF DIE MELODIE DES LEBENS,
DIE IN DIR SCHWINGT.«

BUDDHA, CA. 400 V. CHR.

Beauty 4:
Fußpeeling

Die ersten Sonnenstrahlen lassen sich blicken, und es wird Zeit, die Flip-Flops und Sommersandalen aus dem Winterschlaf zu wecken. Mach' deine Füße bereit für den ersten Sonnenspaziergang und beseitige die raue, rissige Haut des Winters. Gönne dir vorher noch ein warmes Fußbad mit einem Schuss Zitrone und einem Esslöffel Olivenöl, und schenke deinen Füßen nach dem Peeling eine entspannende Massage mit einer pflegenden Creme. Du wirst nach diesem Verwöhnprogramm das Gefühl haben, dass du auf Wolken läufst.

Du brauchst:

- 40 g feines Salz
- 1 EL grobes Salz (Hagelsalz)
- 1 EL Kaisernatron (Backnatron, das bekommst du in jedem Supermarkt)
- 2 EL Kokosöl

Anleitung:

Gibt erst das Kokosöl in eine Schüssel und stelle es an einen warmen Ort oder in die Sonne, bis das Öl schmilzt (etwa bei 20 Grad). Dann füge die anderen Zutaten hinzu und vermische sie. Ganz nach Geschmack kannst du nun einige Tropfen duftendes, ätherisches Öl mit einrühren. Die Füße in der Badewanne oder Dusche sanft mit dem Peeling eincremen und dann mit kreisenden Bewegungen schrubben. Dabei besonders die Ferse bearbeiten. Anschließend abduschen und pflegen. Danach dicke Socken anziehen, aufs Sofa kuscheln, ein Buch lesen und wohlfühlen.

Glück 6:

Liste der lästigen Dinge

Lass aus Unglück Glück werden und widme dich den von dir vernachlässigten Dingen mit deiner ganzen Aufmerksamkeit. Wir neigen dazu, Dinge, die wir nicht gerne erledigen, immer weiter vor uns herzuschieben. Nicht selten wird der Berg dadurch immer größer, bis wir das Gefühl haben, von unerledigten Dingen erschlagen zu werden. Versuche, aus diesem Teufelskreis auszubrechen und erledige zuerst, was dir keinen Spaß macht, wie z. B. Hausarbeiten oder Vokabeln üben. Setze dich an deinen Schreibtisch und schließe einen Moment lang die Augen. Schau dir in Gedanken dabei zu, wie du die lästige Aufgabe bewältigst und abschließt. Stell dir das Gefühl vor, wie es ist, fertig zu sein und frei für die Dinge, die dir Spaß machen. Das ist deine Motivation. Halte diese Vorstellung im Kopf fest und fange an, das Lästige loszuwerden. Fokussiere dich ganz auf deine Arbeit, dann geht sie dir viel schneller von der Hand.

Schreibe in diese Liste all die Dinge hinein, die du lästig findest und vor dir herschiebst. Nimm dir vor, jeden Tag eine lästige Sache zu erledigen. Streiche alles mit einem dicken Stift durch, was du erledigt hast und genieße das Gefühl beim Streichen.

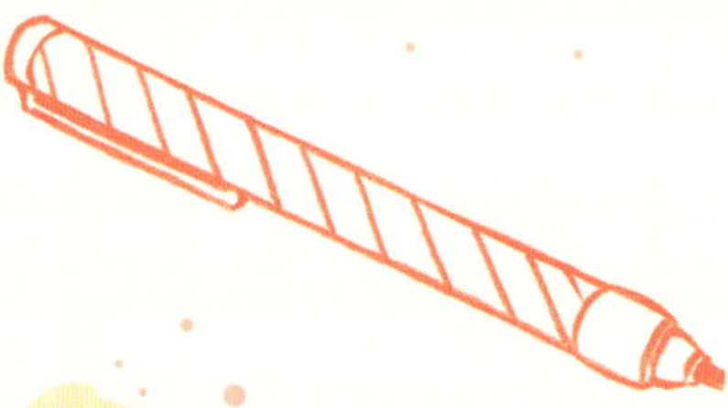

» GLÜCK ENTSTEHT OFT DURCH AUFMERKSAMKEIT IN KLEINEN DINGEN, UNGLÜCK OFT DURCH VERNACHLÄSSIGUNG KLEINER DINGE. «

WILHELM BUSCH, DT. DICHTER UND ZEICHNER, 1832–1908

Kreativ 5:
Stell' die Welt auf den Kopf

Heute ist der perfekte Tag, um etwas Neues auszuprobieren. Putze dir deine Zähne doch mal mit der anderen Hand. Setze dich auf einen anderen Platz als sonst. Ändere deinen üblichen Schulweg und laufe auf der anderen Straßenseite. Lasse dich auf neue Erfahrungen ein und schmeiße deine Vorbehalte über Bord. Die Dinge ändern sich nicht. Es ist deine Sichtweise, die die Dinge ändert. Neue Eindrücke und Gefühle nehmen wir immer viel stärker und bewusster wahr, als das, was wir immer schon so gemacht haben.

Schreibe hier auf, was du heute anders gemacht hast:

Yoga 8:
»Der Krieger«

Der Krieger ist eine kräftigende und stabilisierende Übung. Sie fördert geistige Fähigkeiten und Mut. In dieser Position strahlst du Stärke aus und stehst fest auf dem Erdboden.

So geht's (Krieger rechts):

1. Stelle dich aufrecht und mit weit gegrätschten Beinen hin. Denke an deine Prinzesinnenkrone und halte deinen Rücken und den Kopf aufrecht. Deine Füße stehen parallel zueinander.

2. Drehe nun den rechten Fuß nach außen und folge mit dem Oberkörper der Bewegung.

3. Beuge nun das vordere Bein, bis das Knie senkrecht über dem Sprunggelenk ist.

4. Strecke die Arme seitlich aus und hebe sie voller Spannung in Schulterhöhe, ohne die Schultern dabei zu verspannen. Dein Oberkörper bleibt dabei stolz und aufgerichtet – wenn du in ein Hohlkreuz gerätst, kippe dein Becken ein wenig nach vorn, bis du spürst, wie sich auch dein unterer Rücken streckt. Die Handflächen weisen nach unten.

5. Drücke nun die linke Fußinnenkante in den Boden und spüre, wie sich Spannung in der linken Oberschenkelinnenseite aufbaut. Stelle dir vor, deine Beine sind eine Schere, die du sanft schließen möchtest.

6. Dein Blick gleitet über deine ausgestreckte Hand und den rechten Fuß. Spüre die Spannung, die sich in dieser Haltung in dir aufbaut.

7. Stell dir vor, dass du ein stolzer Krieger bist. Spüre die Kraft deines Inneren. Deine Füße sind fest mit der Erde verankert und übermitteln dir ihre Stärke. Atme langsam 5 tiefe Atemzüge durch die Nase ein und aus.

8. Dann streckst du das rechte Bein wieder durch, drehst den Fuß zurück und führst aus dieser Ausgangsposition heraus die andere Seite durch.

Juli

Der Juli ist der wahre Sommermonat. Jetzt kannst du deine freie Zeit perfekt planen. Schenke dir Zeit für dich und lasse dich nicht dazu verführen, dich mit deinen Zeitfressern abzulenken. Lege dein Handy in das Nebenzimmer. Nimm dir eine feste Zeit vor, in der du Instagram, WhatsApp, Snapchat und Co. öffnest, und lies deine Nachrichten nur zweimal am Tag. Stell dir für diese Zeit einen Wecker und melde dich danach in der Gruppe bis zum nächsten Tag ab. Wenn etwas wirklich Wichtiges passiert, kann derjenige direkt anrufen. Nutze die Zeit stattdessen sinnvoll für dich. Du wirst staunen, wie viel Zeit du nun für Dinge zur Verfügung hast, die du gerne und mit Leidenschaft machen magst. Diese Zeit ist dein Geschenk an dich und an die Menschen, die dir guttun. Schreibe hier auf, welche Geschenke du dir den Sommer über gemacht hast.

Denn Freizeit
bedeutet
eben genau das:
FREIE ZEIT

Soulfood 3:
Erfrischender Sommer-Smoothie

Dieser erfrischende Gurken-Birnen-Apfelsaft ist genau das Richtige für dich, wenn du nach dem Sport eine Abkühlung brauchst oder wenn dir der Kopf nach dem Lernen raucht.

Für ein Glas Sommer-Smoothie brauchst du:

- Eine handvoll Pfefferminzblätter
- 1 Birne
- 1 Apfel
- ½ Salatgurke
- 100 ml Wasser oder Kokoswasser
- ½ Limette
- Eine handvoll Eiswürfel

Die Pfefferminzblätter abspülen und mit einer Küchenschere in kleine Stück schneiden. Dann alle Zutaten in einen Standmixer füllen und so lange mixen, bis die Eiswürfel zerkleinert sind.

Träumen 4:
Tagträume

Wieso sind wir eigentlich immer so getrieben, etwas machen zu wollen? Warum können wir nicht einfach nur mal sein? Einfach in den Tag hineinträumen, im Bett liegen und die Gedanken ziehen lassen. Den Blick über die Natur schweifen lassen, ohne etwas zu wollen. Nichtstun ist achtsame Entschleunigung. Natürlich ist dies kein Dauerzustand, und stundenlanges Nichtstun ist oft alles andere als entspannend. Nein, entspannend ist das Nichtstun vor allem, wenn man sich im Alltagsstress nach einer anstrengenden Arbeit kleine Atempausen gönnt.

Diese kleinen Oasen, in denen zu Zeit hättest, für einen Augenblick aktiv nichts zu tun, verstecken sich überall. Du musst sie nur finden – z. B. wenn du auf der Rolltreppe stehst oder in der Bahn sitzt. Wo sind deine Alltagsschätze versteckt? Finde sie und schreibe sie hier auf.

Achtsamkeit 6: Zeitmanagement

Apropos Zeitaufwand. Sicherlich kennst du sie auch gut: Die Zeitfresser, die dich in Versuchung führen und von der Arbeit ablenken wollen. Zeitfresser sind alle Aktivitäten, die dir deine wertvolle Zeit rauben und eigentlich vermeidbar wären. Dazu gehört z. B. das Internet, in dem wir ganz schnell eine Stunde verlieren, ohne es zu merken. Auch ungelöste Konflikte, deren Lösung wir vor uns herschieben oder unerledigte Aufgaben fressen unsere Kraft, Energie und Zeit, weil sie uns viel länger beschäftigen, als es nötig wäre. Was sind deine Zeitfresser?

Mache eine Liste deiner gefährlichsten Zeitfresser. Vielleicht verbringst du zu viel Zeit in den sozialen Medien oder verschwendest deine Zeit mit der Suche nach passenden Socken in der ungeordneten Sockenschublade? Oder verbringst du zu viel Zeit damit, eine Sache zu perfekt machen zu wollen, und suchst immer weiter nach Fehlern, obwohl längst keine mehr da sind?

Sobald die Zeitfresser auf der Liste stehen, sind sie schon nicht mehr so gefährlich, weil du sie nun kennst und aktiv aus deinem Leben verbannen kannst.

» DENKE IMMER DARAN, DASS ES NUR EINE WICHTIGE ZEIT GIBT. HEUTE. HIER. JETZT. «

LEO TOLSTOI, RUSSISCHER SCHRIFTSTELLER, 1828–1910

Glück 7:
Schatzsuche

Mache dich auf die Suche nach deinen ganz persönlichen Hier-und-Jetzt-Momenten. Wann hast du das Gefühl, ganz bei dir zu sein? Wann bist du ganz besonders präsent und nimmst deine Umgebung mit allen Sinnen wahr? Wann bist du von deinem Tun so eingenommen, dass du keine anderen Gedanken mehr hörst und ganz und gar fokussiert bist? Es lohnt sich, diesen inneren Flow zu suchen. Wenn du ihn gefunden hast, versuche, ihn so oft wie möglich zu nutzen.

Meistens stellt sich dieser Moment des vollkommenen Aufgehens in eine Aufgabe ein, wenn wir etwas körperlich machen, z. B. klettern, basteln, musizieren, puzzeln oder malen, und unseren Kopf mit dieser einen Aufgabe voller Leidenschaft beschäftigen. Dies ist deine Zeit. Die Zeit, in der die Sorgen, Ängste und Probleme vergessen sind und in der dein Geist frei sein darf. Schreibe unten deine persönlichen Hier-und-jetzt Momente auf und versuche, so viel Zeit wie möglich mit ihnen zu verbringen.

Love 8:

Don't worry, be happy

Unterschätze nie die Kraft der Gedanken. Du kannst nicht pessimistisch über etwas nachdenken und dann erwarten, dass es sich positiv entwickelt. Daher denke immer positiv, wenn du möchtest, dass es gelingt. Schenke deiner Umgebung jeden Tag ein Lächeln. Beginne den Morgen mit einer positiven Affirmation.

»WER DEN TAG MIT EINEM LACHEN BEGINNT, DER HAT IHN BEREITS GEWONNEN.«
CICERO, RÖMISCHER POLITIKER UND PHILOSOPH, CA. 106–43 V. CHR.

Morgen-Affirmation

ICH BIN ERHOLT UND
FREUE MICH AUF ALL DAS SCHÖNE,
DAS MIR DIESER NEUE TAG SCHENKT.

Lächele dir selber beim Zähneputzen am Spiegel zu und sage dir, wie erholt und energiegeladen du aussiehst. Mache dir Komplimente über dein Aussehen und sage laut zu deinem Spiegelbild:. **ICH LIEBE DICH.**
Nun kannst du deinen Tag beginnen.

Abend-Affirmation

ICH BIN DANKBAR FÜR DIESEN TAG.
FÜR DIE FÜLLE UND DEN REICHTUM, DEN
ICH IN MEINEM HERZEN SPÜREN DARF.

ICH BIN DANKBAR
FÜR DIE LIEBE UND DAS MITGEFÜHL,
DAS MIR LIEBE MENSCHEN SCHENKEN.

ICH BIN DANKBAR
FÜR DAS GLÜCK DIESES TAGES.

Lass abends im Bett deinen Tag noch einmal Revue passieren. Betrachte diese Gedanken, aber versuche, sie nicht zu werten, sondern schiebe sie dann einfach zur Seite und denke darüber nach, wofür du heute dankbar sein möchtest. Bedanke dich bei jedem einzelnen Körperteil für die Arbeit, die es für dich geleistet hat. Schlafe mit diesem warmen Gefühl der Dankbarkeit für deinen Körper ein.

DIY 2:

Sommercollage

Die Sommerferien stehen vor der Tür – mach diesen Sommer zu deinem Sommer! Du kannst die Wellen nicht anhalten, aber du kannst lernen, auf ihnen zu reiten. Mach das Beste aus den freien Tagen. Es spielt keine Rolle, ob du ein exotisches Ziel bereist oder dich mit Freunden in der Eisdiele triffst. Es liegt in deiner Hand, die freie Zeit mit tollen Erinnerungen aufzufüllen. Bastle dir deine eigene Sommercollage. Entweder hier im Buch, oder du nimmst ein Stück Bastelpappe, das du an die Wand stellst oder aufhängst. Nun kannst du hier alles notieren, was du erleben möchtest.

Schreibe deine schönen Ferienerlebnisse auf. Klebe Urlaubsschnappschüsse ein.
Sammle Erinnerungsstücke, wie Kinokarten oder Eintrittskartenabschnitte und klebe sie dazu.
Schon bald wird sich das Bild füllen und dir vor Augen führen, wie erfüllt dein Sommer ist.

August

Sonne, Strand, Meer, tropfendes Eis, Flip-Flops und Picknick im Grünen.
Sechs Wochen Zeit für dich, für deine Freunde, für Hobbys, für neue Eindrücke und Inspirationen. Um neue Erfahrungen zu machen, brauchst du nicht gleich die Welt zu bereisen. Auch in deiner direkten Umgebung gibt es viel Neues zu entdecken. Wechsel die Perspektive. Entdecke deine Umgebung neu. Fülle die Blumen auf dieser Seite mit neuen Eindrücken.

» Was ohne Ruhepausen geschieht, ist nicht von Dauer.«

Ovid, römischer Dichter, 43 v. Chr.–17 n. Chr.

Soulfood 4:
Eiskaltes Früchtchen

Schöner kann gesundes Naschen nicht sein!
Mit diesem Eis aus Früchten und Joghurt
kannst du unbeschwert den Sommer genießen.

Du brauchst:

- 5 reife Erdbeeren
- ½ Mango
- 1 Handvoll Himbeeren
- 1 Becher (250 g) Naturjoghurt oder Skyr
- 1 EL Honig oder Dattelsirup, je nach Bedarf
- einige Blätter Pfefferminze

Anleitung:

Ein flaches, eckiges Gefäß (etwa 20 × 20 cm, verschließbare Plastikdose) mit Backpapier auslegen. Das Obst waschen, die Mango schälen, entkernen und in kleine Stückchen schneiden. Du kannst natürlich auch andere Obstsorten verwenden, wie Apfel, Banane, Kiwi, Melone, Weintrauben, ganz wie du es magst. Den Joghurt mit Honig oder Dattelsirup vermischen, evtl. mit einer Prise Zimt oder Vanille verfeinern. Den Joghurt auf dem Backpapier verstreichen und die Früchte auf dem Joghurt streuen. Nicht vermischen. Das Gefäß verschließen oder mit Frischhaltefolie abdecken und für mind. drei Stunden ins Gefrierfach legen. Danach das Fruchteis herausnehmen. Einzelne Stücke abbrechen und sofort servieren und vor allem gleich genießen.

Endlich Gedankenlesen!

Heike Abidi
Was Jungs mit 15 wollen
und warum ich das weiß
224 Seiten · Ab 12 Jahren
ISBN 978-3-8415-0577-4

Justines Leben wird auf den Kopf gestellt: Eines Abends erwischt sie im Garten ein Kugelblitz, der sie kurzfristig völlig außer Gefecht setzt. Als sie wieder zu sich kommt, scheint erst einmal alles normal, bis sie am nächsten Tag in der Schule merkt, dass es nun alles andere als normal ist. Denn Justine kann auf einmal die Gedanken der Jungs lesen. Zumindest, wenn sie sich um Gefühle drehen. Das sorgt für einige erhellende Erkenntnisse, allerdings auch für ziemliches Gefühlschaos. Denn da gibt es Lenny, der ganz schön süß ist und dessen Gedanken sich förmlich überschlagen, wenn er in Justines Nähe ist ...

Auch als eBook

Weitere Informationen unter:
www.oetinger-taschenbuch.de

Möwen, Meer, Nähmaschine und ein bisschen Herzklopfen!

Regine Kölpin
Im Zickzackkurs zur Liebe
256 Seiten · Ab 12 Jahren
ISBN 978-3-8415-0599-6

Carlotta muss die Sommerferien in einem kleinen Fischerdorf an der Nordsee verbringen. Ausgerechnet auf dem Kahn ihrer Tante Ruthie! Zum Glück betreibt die eine Änderungsschneiderei, denn Carlotta näht leidenschaftlich gern. Mit ihren neu gewonnenen Freundinnen gründet sie sogar einen Nähclub und verbringt den Sommer zwischen Möwen, Meer und Nähmaschine. Doch das Ferienglück wird getrübt, als herauskommt, dass Tante Ruthie in Schwierigkeiten steckt. Können Carlotta und ihre Freunde ihr helfen? Und welches Geheimnis hütet Pepe, der sensible Junge mit den schönen dunklen Augen?

Auch als eBook

Weitere Informationen unter:
www.oetinger-taschenbuch.de

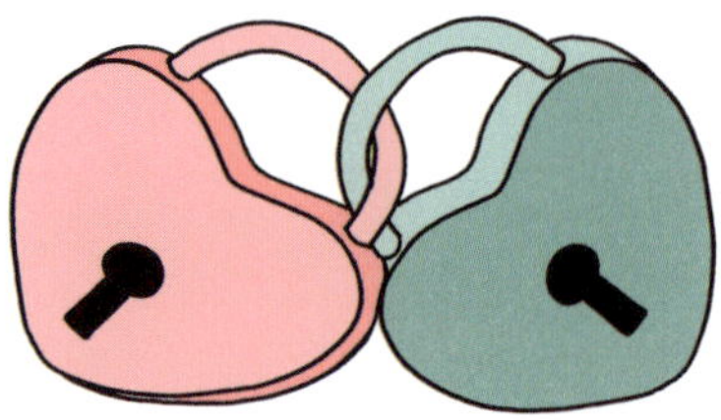